MW00699204

**Primera Edición
Diciembre 2013**

**Boreales
Carolina, Puerto Rico**

Contactar a:
yolanda.arroyo@gmail.com
http://narrativadeyolanda.blogspot.com/

Violeta

Yolanda Arroyo Pizarro

CB

I wish I knew how to quit you.

— *Jack Twist in Brokeback Mountain*

CR

Un color. Una mujer. Una flor. Una tía
cómplice. La traducción de un
nombre desde el idioma griego. Un
primer beso, sentadas ambas en los asientos del
auto prestado que ha facilitado el padre. El
padre violador. El progenitor culpable que lo
presta todo, que lo permite todo, que lo facilita
todo con tal que no se entere la esposa, los
otros hijos, la familia; con tal que la sospecha
no vuelva a llegar a los oídos de la tía
encubridora, cómplice por permanecer en
silencio. Eso es lo que significa 'violeta'. Un
color. Una mujer. Una flor. Una tía cómplice.
La variación de un nombre desde el calco
idiomático griego del latín.

Toda la historia es contenida en ese segundo en
que la mirada retadora de Violeta me observa.
Violeta levanta la ceja, advirtiéndome. *Somos
contrincantes*, parece decir. Y lo que es peor,
parecemos decir ambas *yo voy a ganar.*

Cʒ3

Aquí estamos. Una frente a la otra, gladiadoras. Dos muecas antipáticas que retozan en el juego de poder. Dos estelas, acaso devastadas, siendo perseguidas por la cola de un cometa y sus escombros. Vita Santiago es el escombro, es el asteroide que colisiona, es lo que nos mantiene conectadas a un odio ancestral.

Los pedazos de antimateria flotan y Vita es la mujer en el medio, botín de guerra. Ruinas que sobrenadan el espacio inaprensible de nuestros ojos rivales. ¿Será demasiado pretensioso pedirle a ella, a esa otra, que se levante y se marche? ¿Será demasiado jactancioso levantarme y largarme yo? ¿Seremos un cliché peleando por una mujer a la que se pretende amar, quien a su vez pretende o suponemos que solo ama a una de nosotras?

Vita Santiago es la manzana de la discordia, y allí estamos sentadas su mujer y yo, frente al escaparate de un restaurante en Condado.

C03

Respiro y mitigo la tentación de llevarme la mano al cuello para tomarme el pulso desde la vena de la nuca. Estoy afectada. Ella también lo está. A mí me encabrona su pelo lacio, largo, como el de las *Miss Universe,* y el tatuaje en su hombro derecho adornado con pétalos de orquídeas que asemeja una W, porque es el símbolo de la unión de la primera letra del nombre de ambas: Vita-Violeta. V y V. Un binomio que no puede ni debe permitirse. A ella es obvio que le molesta mi afro, los risos despeinados que sobresalen del mismo y la intensidad de mi color de piel, negra bien negra, casi brillosa, y de seguro hasta mis libras de más. Es posible que eso último sea lo peor, lo que más la saca de quicio, dado el mantenimiento intensivo de abdominales pronunciados y piernas torneadas por el ejercicio cardio-pulmonar al que semanalmente se somete ella.

03

Más de una vez se habrá convencido de lo imposible de mi superioridad sobre sus *ventajas*. Gracias a mi no-esbeltez piensa que soy fácilmente desechable. Piensa o pensaba, porque si está aquí, frente a mí, luego de haberme pedido esta audiencia, es obvio que duda. Es obvio que no está segura de ella ni de sus tretas para mantener a su lado a Vita Santiago.

A pesar de mi visible voluptuosidad, de mis carnes grandes de mujer grande, de mis caderas y amplios glúteos cual venus de otentote, y de las estrías que ella no puede ver gracias a las telas de mi atuendo, la esposa de Vita Santiago me teme.

Teme a mi seducción. Teme a mi astucia. Teme a los años de relación intermitente que me dan delantera. Porque ella, la doncella de la perfección estética llegó ayer, como quien dice. Son dos años de estar juntas, a lo sumo, si mal

ॐ

no recuerdo. Pero yo he estado aquí por más de veinte. Queriendo y sin querer. Jugando incluso el papel que ahora ostenta ella, el de esposa oficial. Y jugando el rol de amante pasajera, o de querida exótica, y hasta el de concubina geisha.

Y para Violeta no es nuevo este asunto. Este asunto que tiene que ver conmigo. Vita Santiago le habló de mí tan pronto se conocieron.

Cß

*T*engo *una situación complicada con una mujer que vive en Puerto Rico,* te dijo durante la segunda cita. Y tú, Violeta, no te habías quedado atrás. Le dijiste que estabas casada con un piloto comercial. Casada y con un hijo. Un hijo que era de la primera esposa fallecida de él, y al cual tú habías casi criado, convirtiéndose aquello en una situación perfecta para ti que siempre habías deseado hijos, pero que no estabas dispuesta a embarazarte porque eso te dañaba la figura.

Ahora de seguro estarás comparando tu belleza refinada de tez morena clara, "trigueña" como la llaman tantos, con mi ordinaria piel prieta, con mi papada, con mis cachetes. Y de seguro te preguntarás qué ve Vita en mí. Qué sigue buscando aquí, entre estos muslos de textura de naranja. Al parecer es algo que tú no puedes darle. O si se lo das, se cansa de manera facilona y regresa a mi pulpa de parcha granulada. No lo entiendes, Violeta. Te miro con intensidad mientras pides el vino de la casa y me doy perfecta cuenta de que no lo entiendes. Ni lo entenderás.

Pienso que la conversación que nos disponemos a tener esta mujer y yo es un ejercicio fatuo, irremediable, que no nos llevará a ningún lado. Pero igual he accedido a encontrarme con ella por dos razones.

La primera es el desosirio que siento en su voz cuando llama a mi oficina a principios de semana. Suplica que nos veamos. Dice que viajará desde el hogar que comparte con Vita en Estados Unidos porque le urge que hablemos de una buena vez. Mentirá sobre las razones de su viaje; dirá que se encuentra obligada a ver a alguien de la familia en Ponce. Tiene parientes en el sur de la Isla. Enfermará o matará a alguna tía abuela o prima segunda lejana.

Llora al teléfono. No puedo evitar decir que sí, levemente conmovida. La segunda razón por la que acepto, con algo de perturbación, es que tengo curiosidad por saber detalles del proceso de gestación de ambas, al que se expusieron el año pasado para tener a sus dos hijas. Siento morbosidad por descubrir algunos detalles. Vita no los menciona todos durante algunos de nuestros encuentros.

Viajo a verla en tres ocasiones: justo después de que se insemina, cuando cumple el primer trimestre de embarazada y luego a sus seis meses. En todas las ocasiones hemos hecho el amor, pero no he podido obtener de ella una confesión honesta sobre por qué ha accedido a dejar a un lado su estereotipada y por demás consabida actitud masculina para gestar vida en su vientre. Y eso me intriga. Quizás algo que diga su mujercita me lo aclare.

࿐

Mientras ordeno una copa de champaña al mesero, noto con el rabillo del ojo que Violeta me estudia. Pienso en todas las ocasiones en que ha debido descartar mi presencia como amenaza sintiéndose superior, con total ventaja, y sin embargo… sin embargo aquí está ahora, citándose conmigo, demostrándome sus inseguridades y dejándome saber cuánto teme. Porque teme. Teme perder a Vita Santiago. Por eso me ha citado aquí. Por eso ha viajado desde Castro, San Francisco. Por eso ha dejado la comodidad de su hogar amplio, de cuatro cuartos, aire acondicionado, calefacción y piscina. Ha dejado a sus hijas bajo el cuidado de la niñera, la propia Vita, sus padres, abuelos consentidores, para volar y venir a verme. Quiere mirarme a la cara. Quiere decírmelo a los ojos. Ella. La mujer cuyo nombre es Violeta. Un color. Esta mujer sentada frente a mí. Una flor. Como la primera que me regaló alguna vez Vita.

CB

Pienso además en que Violeta es también el nombre de la tía cómplice que guardó silencio durante nuestra adolescencia cuando se enteró de lo que le hacía el padre de Vita Santiago a esta. ¡Cuánta coincidencia! Violeta es también la traducción al español de un nombre de raíz grecolatina: Iolante.

Mi nombre es Iolante. Esa soy yo. Ion significa violeta, ante, anthos significa flor. Pareciera que Vita Santiago colecciona todo tipo de violetas a su paso.

Y pensar en Vita Santiago, es pensar en nuestro primer beso, sentadas ambas en los asientos del auto prestado que ha facilitado el padre. Tenemos diecisiete años y salimos de la discoteca.

ॐ

CB

El primero beso lésbico de tu vida, te lo da tu mejor amiga. Aquella que sabe que eres heterosexual, que te asegura que respeta eso y que no cruzará líneas, aunque te aclara en cada oportunidad que te encuentra extremadamente atractiva.

Tu mejor amiga es aquella que te abraza y te permite llorar por el novio que te ha sido infiel. Es la que promete convencer a su padre de que te pague el colegio privado, para que no tengas que regresar a la escuela pública en el último año de *high school* debido a que en tu casa no les da el dinero para tu educación privada del año entrante. Es la que sabe de tu curiosidad hacia las chicas— ya se lo has confesado antes— pero te dice, con cierta astucia emocional que ni te avientes, que no vale la pena. Las mujeres son muy complicadas de por sí, y si encima entra una en relación amorosa con otra, la complicación es exponencial. *Demasiado lío*, te aclara.

＊

Tu mejor amiga es también la que te acerca un ramo de lirios cala, de violetas africanas, de orquídeas de vainilla —que de seguro no ha podido comprar ella— la tarde en que celebran tu cumpleaños número diecisiete. La misma tarde en que se van a Viejo San Juan a celebrar, y la noche las encuentra metidas en una discoteca en la que bailan juntas, seductoras, para sorpresa de muchos presentes moralistas que se quejan con el *manager* porque entienden que ese tipo de comportamiento pertenece a otros lugares con una demografía más *open*. Y las echan. Caminan abrazadas, adoquines abajo, por las calles de la ciudad amurallada.

Esa es tu mejor amiga. La que responde en la afirmativa cuando suplicas, cerca de uno de los callejones, que te bese, que ya no soportas más. Es la que te dice, *aquí no, puede pasarnos algo.* Y te lleva hasta el auto prestado. Allí sella la promesa que desde hace tiempo y en silencio, se vienen haciendo.

CB

Es la que se dedica a adorar tu cuerpo adolescente toda la noche, a abrir las cuencas con sus manos, esa nueva y desconocida genitalia que ahora se convierte en tu vicio. Vita Santiago te dice a toda hora, desafiando todo pronóstico, que eres la mujer más bella del mundo, y que portas el color violeta más adorable del planeta. El negro más negro y más aceitoso; el afro avoraginado más deseable, más mullido; el pubis más terso y acolchonado.

Vita se esmera además en encontrar similitudes de tu nombre en otros referentes y eso te endiosa. Para ella Eres la guardiana de Hércules, el *subplot* de Iolante y Calypso, un poema de Phillip Massinger. Hitopadesha, el folclor bengalí, un fragmento del Decamerón de Boccaccio, la ópera de un acto de Tchaikovski. Eres el personaje de *La revuelta de Afrodita*, tres especies de insectos, un ancestro de Poseidón y la mutante del universo X-men.

❧

Eres el prodigio lila, te dice al final de todos y cada uno de estos hallazgos, *la jugosidad violeta*.

ᚼ

Sensopercepción alucinatoria de Vita mientras usurpa mis pechos con sus dientes: dice que mientras me chupa siente escarabajos que le recorren la epidermis. Siente que un líquido extraño recorre su piel. Mis latidos la inundan. Se humecta su boca y garganta. Se humedecen las líneas de vida de su mano. Se detiene a observarlas. A veces enmudece mientras me embiste, o se le saltan las lágrimas.

A veces me abraza muy apretadamente.

CB

CB

Entramos a la universidad. Vita te compra un auto para que puedas viajar a comodidad. Además, paga por el alquiler de un apartamento en una localidad exclusiva de Guaynabo. Cursas Administración de Empresas y ella Ingeniería. Te dedicas a estudiar de día y a hacer el amor con Vita en las noches, como una demente sedienta, un cachorro desbocado y hambriento. Pero son los años dorados de los juegos de roles en las parejas lésbicas. La estricta asignación de los papeles que cada una debe ejercer, es la orden del día. Así que sin darte cuenta, pasas a ser la recipiente de un sin fin de placeres extremos dispensados por Vita y su boca, sus manos, sus dedos, el puño, un dildo adquirido en una tienda de juguetes sexuales en Isla Verde que abre a partir de las once de la noche, y a la que hay que entrar casi con capucha y turbante para que nadie las reconozca.

$\mathcal{CB}$

Vita
vs
Violeta

Eres inexperta, y ella dominante. Un macho alfa dominante que en ocasiones viste chaleco y corbata, que fuma tabaco y hace líneas de cocaína tres o cuatro veces al año, nada grave. Una lesbiana que penetra, pero que no se deja penetrar, que hace el sexo oral y que no permite que tú lo reciproques. Una amante considerada y ávida que te tiene en una cajita de cristal, para protegerte del mundo porque tú eres su princesa y ella el príncipe rescatador, apuesto y caballeroso.

CB

Mis abuelos, padres de crianza, mientras mis hermanos y yo crecíamos, hablaban casi todo el tiempo de un héroe al que llamaban Oscar López Rivera. Crecí escuchando sus hazañas, las historias de liberación que de él se contaban. Mami hacía énfasis en la duermevela del pueblo sometido que esperaba por su líder mesiánico y papi ponía atención en los detalles de su detención el 29 de mayo de 1981 cuando la policía de tránsito de Chicago le había ordenado detener el carro. Oscar no hizo caso de la orden. Mis interlocutores envejecidos no paraban de incluir detalles de su corajudo proceder, de su bravía, de sus cojones, de su maestría en el diseño de estrategias conspiratorias que a su vez fueron declarados actos sediciosos. Oscar López Rivera era el jefe de un ejército que perseguía el ideal de eliminación del colonialismo, y mami y papi estaban de acuerdo en que eso debía conseguirse por cualquier medio. Fue convicto a cincuenta y cinco años de presidio. En casa todos lloramos aquella sentencia.

Le cuento esto a Vita en sus brazos, porque pregunta en una de nuestras conversaciones, —aquellas llenas de ternura que sostenemos ilusionadas en nuestro apartamento/nido de amor, —por mis abuelitos. Que si los extraño cuestiona y yo le digo que con toda el alma.

Digo además que fueron los seres más importantes de mi vida, porque me tuvieron por elección después que mi madre, hija menor de ellos, me abandonara a mi suerte. A mí y a mis hermanos pequeños. Gente buena eran, gente honorable. Dos padres dignos que me enseñaron el valor del verdadero sentimiento, de la verdadera lucha. Añado que a pesar de eso, si mis abuelitos hoy vivieran, con todo y lo que me mimaban, con todo y la preferencia que

CB

hacia mí sentían, no estarían de acuerdo con ~~but theyr~~
nuestra relación. Estoy segura que no hubieran ~~intolerant~~
querido para mí una vida inmoral como
aquella, desde su punto de vista. Creo que me
hubiesen prohibido estar con Vita; creo que me
hubieran dejado incluso de hablar por la
elección que supone ser gay, que supone amar
a otra mujer, vivir en contra de una sociedad
que censura esto que tenemos.

Me encanta que mi padre tampoco nos quiera, dice, y
es la primera vez que internalizo el hecho de
que su padre pueda opinar o no sobre nosotras.

Nos miramos sonriendo y exclamamos a la vez:
Ojalá y se muera.

CB

Alucinación táctil reportada por Vita mientras cocina nuestra cena de navidad. Una corriente eléctrica le sube por pantorrillas y muslos, le abraza las rodillas y los codos. Dice que son pequeños insectos que murmuran nuestro amor aunque no puede verlos, pero sí escucharlos. Deja los utensilios sobre la estufa. Apaga las hornillas. Coloca las tapas a las ollas y se acerca a mí a cobijarse. Me hala del cabello rizado y me despoja de la blusa. Pregunta si le amo y yo contesto *hasta la eternidad*.

¿Qué harías si supieras que tengo un secreto que no puedo decirte?, interroga. Y yo contesto: *amarte hasta la eternidad.*

CB

ℭ

Es 1986 y recordamos que la prensa solo habla de los arrestos que ha hecho el FBI con relación al plan de liberar al preso político puertorriqueño Oscar López Rivera de una cárcel anglosajona. El complot se hace agua, Oscar es mudado a una penitenciaría de máxima seguridad y luego sentenciado a un total de 70 años de prisión.

Oscar López Rivera again

Poco después El Salvador sufre uno de los peores terremotos de su historia, Ronald Reagan y Mikhail Gorbachev se reúnen para dar más tensión a la guerra fría y los Mets de Nueva York ganan la serie mundial de béisbol. Es 1986 y celebramos el paso del cometa Halley. Nos enteramos que fue observado por primera vez en el año 239 antes de la era común. Orbita alrededor del Sol cada setenta y seis años más o menos, y es uno de los más notables y más brillantes cometas del cielo.

Halley's Comet

❧

Volverá a verse en el 2062. Vita y yo
tendremos 92 años. ¿Lo esperaremos juntas?

Ꞷ

Vita y su papel de príncipe, al cabo de un lustro, se transforman en otra cosa. Sigue siendo un ser rescatador, pero de otras princesas nuevas. Compañeras de trabajo, vecinas, amigas de amigas, quien atiende en la farmacia, la repartidora de pizzas, una lectora del tarot y hasta alguna azafata. A tus oídos llegan rumores a los que no deseas dar crédito. ¿Cómo renunciar a ese fuego que te consume y te da tanto placer?

Vita's affairs

Violeta's conflictos

Pero todo se aguanta hasta un día. Hasta el día en que el olor de Vita cambia y lo notas en medio de un juego de asfixia erótica al que te tiene sometida.

La empujas con todas tus fuerzas. Ella va a tener a uno de los extremos de la cama *queen*. Empiezas a vestirte y ella a desamarrarse el arnés. Entonces sentencias: *Sabes que tenemos que terminar.*

Vita intenta: *Iolante, por favor.* Pero tú ya estás haciendo maletas mientras ella llora desconsolada: *Io, Io, no me dejes,* te dice, *me duele la sangre.* Y eso mismo alega al verte montar la maleta en tu auto. Y lo mismo suplica cuando lo enciendes y te marchas. Y así sigue, durante toda la semana, llamándote a tu oficina y pidiéndote: *Io, regresa a mí, por favor; si tú no estás siento que voy a morirme.* Hasta que una tarde de octubre, justo antes de tu cumpleaños, las llamadas cesan. Y dejan de llegar flores a la oficina. Te enteras por la madre de Vita, a quien te encuentras en el supermercado, que ella anda de crucero con alguien nuevo.

C ontraigo todo el cuerpo. Aprieto los puños. Exhalo y presiono el estómago hacia adentro. Suelto el *haaaaa*. Dejo ir el aire y amplifico el sonido. *Haaaaa*. Quiero con simpleza dejar todo y desaparecer. Me concentro en la técnica sukshma. Me concentro en los ejercicios simples, cortos y sutiles. Abro mi canal de energía. Me toco la cara y la cabeza. Masajeo y cristalizo el punto focal para relajar la mente. La mente está relajada; la vida se vuelve ahora más suave y apacible.

ⵖ

Teodoro me hace reír. Es raro permitir que me convenza de que en teoría no es mi jefe, aunque es el presidente de la empresa. Los rumores dicen que se casó muy joven y que por eso se divorció en medio de un pleito contencioso hace tres años.

Desde un principio me doy cuenta que le gusto. En las socializaciones de los viernes, su balance de conversaciones amenas siempre termina cerca de mi entorno. Espera mi sonrisa, tienta mis carcajadas. Nunca me invita un trago y jamás me pide bailar, rasgos distintivos que acostumbra hacer la gente que gusta de una. Cuando se despide ni siquiera me da un beso en la mejilla, costumbre por demás sobreestimada en el Caribe.

Teodoro intenta pasar siempre por mi oficina. Chocamos fortuitamente en el saloncito de los emparedados y el café, se encuentra conmigo casi todos los días a la salida de la jornada, en

፠

el estacionamiento. Carraspea si le hago una pregunta directa. Siempre me sostiene la mirada. Sonríe a sus anchas para luego apretar los labios y subir las cejas.

Dice ser anexionista y en una ocasión se sorprende cuando me escucha hablar a favor de Los Macheteros, del Grito de Lares y de la injusticia ante el asesinato de Filiberto Ojeda. Una de las tardes en que el grupo de compañeros de trabajo cancela visitar un bar, y solo quedamos para asistir al mismo él y yo, Teodoro también se excusa. Yo acepto la retirada, pero igual añado que estaré visitando la taberna, puesto que me han hablado muy bien de varios tragos tropicales y las tapas.

Sin sorpresa alguna descubro que, al final de cuentas, Teodoro aparece. Nervioso. Encantador. Hablamos durante toda la velada. Antes de besarme, durante nuestra despedida

❦

de esa noche, me aclara que admira a Albizu Campos.

&

CB

Juntos hacemos yoga. Pellizcamos nuestras cejas varias veces usando el pulgar y el índice. *¿Sabías que usamos más de setenta músculos para fruncir el ceño y solo la mitad para sonreír?,* me comenta muy bajito. Rotamos los ojos seis veces, en el sentido de las manecillas del reloj, y luego en el sentido contrario. Seguimos las directrices del instructor.

Una vez hablamos de la bisexualidad, así en términos generales. Hacíamos el amor en su apartamento de playa en Isabela. Prometió confeccionarme panqueques gluten-free con leche de coco, y sin mucho aspaviento me dijo que durante sus años de estudio en el Colegio San Ignacio, en donde cursó el nivel superior, le había gustado un chico.

Nunca supe si yo debía reciprocar aquella confesión, o si Teodoro me estaba haciendo partícipe de su conocimiento sobre mi vida pasada con una parábola. O una treta.

❦

Tampoco supe si era algo que respetaba o si nos traería problemas.

＃

Sacudo las manos por dos minutos. Aprieto fuerte los ojos y luego los abro grandes. Repito este ejercicio quince veces. Tiro de mis orejas con las manos. Los científicos dicen que todos los nervios que incrementan la consciencia están localizados en la parte más baja de las orejas. Hurgando con mis dedos, muevo las orejas en sentido de las agujas del reloj y luego en el sentido contrario. Imagino que estoy moviendo una rueda, hasta que mis orejas se ponen calientes. Abro y cierro la mandíbula diez veces. Estiro mis labios, estiro mi boca y muevo el mentón de lado a lado.

Meneo tres dedos, dedos morados de piel violácea. El primero, el del medio y el del anillo de compromiso, desde la línea de la mandíbula hasta la barbilla. Masajeo mi estructura facial. Dejo la boca abierta mientras lo hago y es en ese punto en que Vita y su memoria me arrebatan de la realidad.

Los nudos que encuentro en el espacio entre mis mandíbulas llevan su nombre. Este es el lugar en donde ella se esconde.

_{C3}

El día de tu boda con el presidente de la empresa de publicidad para la que trabajas, Vita aparece. Entra como un bólido al salón de belleza en el que te maquillan. Han pasado algunos años.

Pide que la atiendas en privado, so pena de hacerte un escándalo de dimensiones insospechadas, así que consigues que la dueña del salón, amiga tuya, te preste una de las habitaciones en las que se brindan varios servicios de estética, faciales y pedicuras. A ella entras, con el rostro a medio maquillar y con rulos en el cabello para peinarlo de forma alaciada. Esperas una explicación de parte de Vita. Cómo te ha conseguido, cómo sabe de tus planes de boda, quién se lo dijo, desde cuándo lo sabe, y qué hace allí.

α

Pero antes de recibir todas aquellas respuestas se besan. Se abrazan. Se desnudan, se caen los rulos, se despinta el maquillaje, y ella echa tus oscuros pezones a su boca, que lame de manera ansiosa. Y tú la tumbas sobre el camastro de los masajes para hacer con ella lo que nunca antes hiciste o te permitieron: besar sus labios vaginales, chupar su clítoris, ensalivar toda su vulva desposeída de temores. Subes a besarla en los labios, la abrazas, lloran juntas, prometen no volver a dejarse ir.

El día de tu boda terminas casada con Teodoro, presidente de la empresa de publicidad para la que trabajas, y Vita asiste. Desde una esquina en la iglesia observa todo y todo lo permite, radiante, sabiéndose dueña y señora de algo todavía mayor, más imperioso, verdaderamente eterno.

Vita es un organismo celeste que se derrama por los intersticios de mi oscuro cuerpo, un plectro que idolatra mi tonalidad púrpura. Soy el universo en su infinitud y ella el bosón que me transita. Soy un hombre de las cavernas que mira el firmamento y señala su brillantez giratoria. Ha encontrado un milagro nuevo; desea explicarlo a los descendientes y dibuja en las paredes rocosas para que quede el testimonio. Vita es la pluma de ruiseñor que flanquea el viento y yo me admiro de todo lo que he perdido al ella no estar cerca. Le cuento de las clases de pintura, de los talleres de poesía a los que he asistido, leo algunas de mis creaciones y le muestro bosquejos de carbón.

Ella me indica que ha viajado el mundo. Que vivió en Australia y luego en Monserrat. Que tuvo de amante a una reconocida chef y a una traficante de cocaína. Yo narro mis peripecias por mantenerme lesbiana a voluntad, tarea ardua y difícil, puesto que constantemente comparo sus tratos, nuestro amor, nuestra vida pasada y nada le llega a los talones. *Estar con un hombre es más fácil, son más básicos,* le digo. *Requieren menos energía, necesitan menos estímulo para lograr un orgasmo... Creen cualquier cosa y no saben cuándo finges.*

Beso su ombligo, y una lluvia de perseidas desboca mi quijada. Amparo sus caderas en las palmas de mis manos y los violines que naufragan sus costillas entonan el *claire de lune* más estrepitoso. Me sumerjo en su cueva marina a descubrir peces siempre que puedo. Y nos damos cuenta que esta etapa es inaugural para ambas. Vita me pide desvirgar algún entorno desconocido y yo le cuento que mis glúteos y su centro esperan por ella, que nunca han sido de nadie. Y me toma con su lengua primero, me bebe reformulando labios y paladares como si yo fuera su cáliz de salvación, para luego presentarme sus dedos diestros y la textura de cyberskin del dildo más posmoderno y apetitoso.

Cada noche intentamos saciar esta hambruna de contornos adueñados mientras compartimos la dolencia causada por la ausencia de años pasados. Nos mordemos la espalda, nos marcamos las uñas, impregnamos de cardenales algún pedazo de piel. A nuestras parejas oficiales les mentimos y achacamos el asunto a algún golpe realizado por descuido.

Es como si quisiéramos dar marcha atrás al tiempo. Su intento de reconquista lucha contra las exigencias que a veces me hace al preguntar por qué me fui.

En ocasiones contesto. La mayoría de las veces no, porque sé que ella sabe.

Yo invierto la ecuación y le exijo respuestas por sus infidelidades. Ella también contesta intermitentemente. Nada que me dice me satisface, igual que nada que le digo yo la llena.

*I*o, no me dejes.

En checo y esloveno tu nombre es Jolantha. En francoprovenzal Iolant, Iolanthie, Iolans. En la versión de origen germánico deriva del nombre propio Wioland, cuya etimología procede de las palabras "wiol" que significa riqueza o posesión y "land", tierra, país o territorio. Por lo que Iolante que figura como "tierra de riquezas" aparece documentado en un tratado del siglo VIII.

Io, regresa a mí.

Otras variantes históricas del nombre son Violante, Viola o Violeta. Su significado latino se interpreta como "la que da regocijo".

CB

Cช

En febrero la prueba de embarazo a la *pregnant* que te sometes da positivo y te echas *gnaipt* a llorar sobre el suelo. Le pides a Vita que te acompañe a la clínica para dar terminación a aquella imprudencia. Ha sido un descuido inaudito.

Ella te asiste, pero además llora contigo. Te propone incluso que tengan al bebé y que juntas lo críen. Que se escapen lejos de tu marido. Pero no estás lista. No quieres esa responsabilidad. Temes que puedas llegar a ser tan o más insensata que tu verdadera madre, la que abandonó para irse a vivir alguna aventura. Temes el estigma y, por qué no, tiemblas de los nervios al pensar en qué harías si un día Vita cambia de parecer y te deja a solas criando un bebé que ni siquiera es suyo.

Eso a ella le molesta sobremanera. Vita sube el tono de su voz, aun estando ustedes en el vestíbulo de la clínica. Le pides que no sea egoísta, que entienda tus argumentos.

Ella alega que siempre has sido una *spoiled girl* y que ha sido su culpa por darte tantas cosas inmerecidas. Cosas que ni siquiera ella ha podido sufragar y se ha visto en la necesidad de buscar los métodos para ofrecértelas.

Te saca en cara todas las comodidades que siempre ha procurado para ti y tú bajas el rostro. Pides disculpas, pero mantienes tu posición de no querer parir solo para devolver un favor.

Vita te cuida esa tarde. Te coloca bolsas de agua caliente en el vientre, te allega las pastillas para el dolor después del procedimiento. Te hace una sopa de pollo y prepara un té. Tú balbuceas: *¿Dónde estará dios?* Ella exclama: *Dios es el invento de un muy buen escritor, con una muy mala intención.* Luego se marcha furiosa.

God

∞

Nuestra inseguridad mancha a ratos la danza de juramentos que nos hacemos. Hay días en que se acrecienta la penumbra y podemos percibirnos muy desoladas. En momentos como ese nos agarramos de los hombros, gritamos, ella tira la puerta, yo lanzo alguna copa de vino sobre la alfombra o contra la pared. Se crean eclipses, se atiborran los océanos de mareas zafias. Todo se vuelve opaco.

Me alejo. Se aleja. Pasan los meses y no nos dirigimos la palabra.

Entonces Vita llama, me pide que invente un viaje de trabajo artístico y ella hace lo propio. Nos fugamos a Bogotá o a Barcelona. Caminamos de la mano, circunvaladas, armoniosas, como los trazos coloridos y luminiscentes de las auroras australes.

❦

Consigo paz en medio de sus muslos firmes, justo allí en el centro que le palpita. Consigue ella paz en medio de mis nalgas y el botón que la cobija.

❧

Cuando tres años más tarde Teodoro y yo nos divorciamos, Vita jura abandonar a su pareja de turno, la dueña de una cadena de restaurantes en la isla de Saint Marteen, a la que conoció en una discoteca de la capital y con la que se fue a vivir al día siguiente. Pero eso no sucede.

Lo único que sí sucede es que nos vamos juntas a vacacionar a Francia. Caminamos de la mano todo Place Parmentier en Neuilly-sur-Seine, nos hospedamos en el atelier de una amiga poeta que he hecho a través de los años, y asistimos a una exhibición de hiperrealismo artístico en la Universidad de Rennes durante toda una semana. Luego nos trasladamos en autobús al Château de yoga Sivananda, situado cerca de Orleans, al sur de París, en el idílico Valle del Loira.

છ

Recuerdas que Vita y tú hacen un voto de silencio que debe durar los diez días de comunión con el alma. La práctica en profundidad del método *asanas*, así como la saludable alimentación vegetariana a la que se exponen, debe inspirarlas a intercambiar ciertos votos de fidelidad y lealtad que entiendes serán vitales para la toma de decisiones. Decisiones que deben beneficiar a la relación de amor que se tienen, de ahí en adelante.

Cada vez que observas en silencio y a la distancia a Vita, rodeada de aquellos campos de naranjales y limoneros, de uvas vinateras y de un melódico lago de olas acompasadas, durante los ejercicios de meditación diaria, te convences más y más de los intereses afines que han de posibilitar y expandir el compromiso. Crees descubrir en sus ojos aquel dejo de sinceridad de cuando te besó por primera vez. Crees divisar aquel estambre de veracidades que te empujaron a elegirla por sobre cualquier otro ser humano.

Lo crees y te equivocas. Al regresar al Caribe Vita se queda unos cuantos días más contigo en tu casa de campo. Te hace desayuno, te acompaña a tus paseos vespertinos, almuerzan en varias tascas artesanales del área oeste, visitan la Ciudad de Las Lomas e incluso hacen el amor en la histórica catedral de Porta Coeli, a escondidas de varios turistas y el vigía del lugar. Pero una de las mañanas se marcha. Deja una nota disculpándose. Dice que sigue sin perdonarte que la hayas abandonado. Dice además que sigue sin perdonarse haberte engañado. Dice que no sabe quién es y que sufre, y que quiere matar a su padre.

E l 10 de noviembre de 2008, con ocasión del estreno de mi propia galería de arte, celebro entre amigos y conocidos una exhibición con muestras de algunas de mis pinturas y esculturas. A ella asiste, imagino que invitada por algún enlace terciario, la tía Violeta, quien cree ingenuamente que puede saludarme así sin más.

Se acerca a darme un beso. Yo entonces estiro el brazo y le ofrezco la mano para guardar distancias. Al detenerla en seco ella se sonroja. *Veo que te va muy bien, Iolante,* dice. Y yo contesto: *Espero que a ti y a tu hermano les de un cáncer muy doloroso y prolongado. Por demás incurable.* La noche termina con fuegos artificiales, que mi novio y yo, abrazados, disfrutamos.

Haber visto a la tía Violeta me afecta. Recuerdo los secretos compartidos por Vita al brindarme detalles minuciosos de cómo su padre la embaucaba para abusarla. Desde el tradicional *este es nuestro secreto* hasta el temido *voy a matar a mamá y a tus hermanos si dices algo.* Los clichés bien utilizados pueden hacer el mismo daño que una idea ingeniosa y de gran inventiva. No hace falta imaginar algo demasiado creativo para que una niña de cuatro años haga caso o se impresione. Cuando la niña crece y cumple diez, y empieza a batallar empujando al agresor con piernas y brazos en forma de aspas herméticas, el ideario cambia y entonces algún golpe fuerte funciona. O algún tranquilizante depositado de modo muy discreto en la bebida que acompaña la cena y que toman todos los comensales. Una casa sedada es un hogar que arrastra toda suerte de fechorías. Secretos impunes que no colapsan. A veces incluso dudé si era Vita el único cuerpo profanado en aquel lugar.

Haber visto a la tía Violeta me afecta, ya he dicho. Durante esa semana hago uso de mis

CB

conocimientos de cibernauta e intento localizar por internet a Vita Santiago. Consigo su correo electrónico y una página personal en donde coloca casi a diario varias reflexiones y algunos poemas. Los versos son de su autoría la mayor parte del tiempo. En ocasiones copia y pega algunos de sus autores, al parecer, favoritos: Pablo Neruda, Alejandra Pizarnik, Julia de Burgos, Anjelamaría Dávila, Mayda Colón, Wislawa Szymborska. Descubro que en una de las entradas ha colocado un poema que me pertenece y que alguna vez le regalé. Todos van dirigidos o dedicados a un nombre en clave: Ennis del Mar.

ENNIS

No nos hemos vuelto a hablar desde la última vez que nos vimos, pero eso no me impide llamarla y contarle risueña la peripecia a modo de venganza ejercida contra su tía.

ೞ

᪥

E lla ríe. Ríe y se sorprende de que la has vuelto a contactar. Ha visitado siquiatras, te dice. Tres. Ha mejorado mucho. Ya no siente miedo de la noche ni escucha voces, ni padece de alucinaciones hápticas. *Qué significa eso,* inquieres y ella te cuenta que es algo así como una ofuscación cenestésica o somática, según lo que cuenta su médico. Que es como percibir una sensorialidad de mentira, pero muy intensa, sobre órganos que no tienen ninguna lógica: dolor en la sangre, flujo energético en la parte interior del ombligo, retortijones en el sudor o en el cabello, corriente en las uñas o pestañas… en fin.

Yo me sorprendo de que diga estas cosas, porque antes nunca las habíamos discutido. Agradece lo que hice con la tía Violeta y me asegura que de su familia no sabe absolutamente nada. Su último terapeuta le pidió que dejara de hablarles por un tiempo, a ver cómo eso se sentía. Al parecer le ha venido muy bien.

Sugiero que nos veamos. Ella guarda silencio. Le digo que abrí una galería de arte y me dice que lo sabe. Vita me cuenta que se ha mantenido al tanto de mi existir desde la distancia. A veces se entera en las notas culturales de la prensa local e internacional, y por temporadas ha contratado a un detective que la mantiene al tanto de mis correrías. *Espero que eso no te moleste,* añade y yo por toda respuesta le digo que es un bonito cumplido.

Vuelvo a sugerir que almorcemos. Que lo hagamos de día, en un lugar muy público por si eso la hace sentir más a gusto.

Entonces ella me dice que se casará. La boda está pautada para el 29 de noviembre, bajo las

ভ

nuevas leyes que cobijan los matrimonios entre personas del mismo sexo aprobada por la Corte Suprema de Connecticut.

Guardo silencio. No sé qué decir. Y los aerolitos empiezan a caer sobre mi cabeza. Y no creo poder ser capaz de soportar tanto dolor.

Asthma

Me crie en una barriada muy pobre del pueblo de Cataño, con mis abuelos, ya he dicho. Un lugar en donde la contaminación ambiental era la orden del día. Mis hermanos, vecinos y todos cuantos allí crecíamos padecimos de muy prolongados episodios de ataques de asma.

En dos ocasiones murieron niños de mi calle en medio de un broncoespasmo.

Cuando me da asma respiro a buchecitos. Intento atrapar el aire en bocanadas que se desvanecen. El asma parece una explosión de estrella fugaz pero jadeada. Un despliegue entrecortado de la hojarasca de un meteorito.

Abuela siempre me tenía abrigada y ofreciéndome terapias nasales con medicamentos broncodilatadores para evitar perderme a mí o a mis hermanitos. El asma siempre fue mi fobia mayor, un maldito y horripilante minotauro, el terrible Goliat contra quien debía batallar. Los dolores de pecho, de espalda y costillas al pasar por un evento de fatiga, me dejaban exhausta y sin ánimos de poder continuar. Durante el tiempo en que viví con Vita en nuestro apartamento de Summit Hills, los incidentes pulmonares disminuyeron a cabalidad. Recuerdo que ella llegaba a la casa y me colocaba alcanfor entre los pechos, aceite de romero o tomillo sobre los pasajes nasales y me daba a beber mucha vitamina c y equinácea. Con el pasar del tiempo aprendí a evitar ciertos alimentos: la leche, los quesos, el huevo, los chocolates. Ello ayudó a que mi asma regresara tan solo una o dos veces al año, por algún evento alérgico, algún catarro que se salía de control, el cambio de clima de otoño a invierno o un impacto emocional. Cuando me convertí al vegetarianismo los episodios se esparcieron a uno cada dos o tres años.

Este dolor de pecho que siento al enterarme de *pa...* la boda de Vita, es sin embargo, peor que la dolama del asma, peor aún que el sofoco bronquial y la complicación si padezco una infección respiratoria crítica. Peor que una pulmonía, mucho más terrible que un paro respiratorio.

Es este mi verdadero Asterión, un gigante adolorido y magullado por su incauto Teseo. Vita acaba de herirme de muerte y yo nunca lo vi venir. El sol de la mañana reverbera en la espada de bronce. Ya no queda ni un vestigio de líquido vital. Apenas me defendí, Ariadna, ¿puedes creerlo?

ଔ

CB

No asistí a su boda, contrario a lo que había hecho ella conmigo. Abandoné al novio de turno y me escapé a Nassau, a participar del Festival Silvanada Ashram de yoga. Mis dos empleados manejarían la galería. Vendí el auto y alquilé a una inquilina la casa. Me dediqué a disfrutar de la llamada Isla del Paraíso, de sus entretenimientos acuáticos, de su gente invisible a quien no hice el menor gesto por llegar a conocer mejor. Despertaba a las seis de la mañana, realizaba meditación y canto hasta la hora del té y a las diez almorzaba manjares vegetarianos. En la tarde visitaba el poblado y luego asistía a la sesión de karma y yoga sobre la arena fina y las aguas cristalinas bahameñas, rodeadas de palmeras.

Meditación, abstracción, mantras, ensimismamiento, práctica de siete tipos de yoga diferentes, paseos a pie, a caballo, en silencio, danzas sagradas y rituales de fuego. Ejercicios de piscina, aromaterapia, masajes y reflexología.

Puse de mi parte para sanar.

Puse de mi parte para olvidar.

Al llegar de regreso a la Isla, me internan en la unidad de máxima seguridad del hospital psiquiátrico San Juan Capestrano. He intentado lanzarme de un piso diez, subiendo a la azotea de un edificio cualquiera encontrado en la marginal del expreso Trujillo Alto. Varios rescatistas me detienen.

Los hombres primitivos, los de la prehistoria, ya conocían los cometas. Los más brillantes debieron haberles llamado muchísimo la atención ya que no se parecían a ningún otro objeto del cielo. Intentarían compararlos con manchas de luz, a menudo borrosas, que mutaban sobre la túnica celestial dejando un rastro de hebras, como el de una cabellera de medusa. Desconocían de seguro que los cometas son cuerpos frágiles, de forma irregular, formados por una mezcla de substancias duras y gases congelados. Desconocerían además que un cometa consta de un núcleo de hielo y roca, encerrado en una atmósfera nebulosa. Ignorarían que Vita posee ese efecto en mí.

Vita = Comet

Recordé mientras convalecía, las noches de pesadillas en las que se levantaba gritando, a mi lado. Yo la abrazaba, la acurrucaba, y ella se dormía de nuevo. A veces, del miedo que le provocaban sus sueños, se orinaba sobre las sábanas de nuestra cama. Avergonzada, se levantaba antes que yo y echaba a la lavadora la prueba de su debilidad para encubrirla con mucho detergente y suavizador.

El astrónomo Fred Whipple explicó hace algunos años que el núcleo que contiene casi toda la masa del cometa, es como una "bola de nieve sucia" compuesta por una mezcla de hielo y polvo. Sus gases expulsan moléculas fragmentarias de los elementos más comunes en el espacio. Aprendo todo aquello cuando me dispongo a pintar bolas de fuego celestes en mis composiciones artísticas. Como las incluidas en el *Starry night* de Vincent van Gogh en el MoMA.

Bola de nieve sucia, así eres Vita Santiago. Eso eres en mi vida. Eso eres junto a mí. Tu piel tan blanca y la mía tan lila. Tu mentiroso deseo de hacerme bien, y mi intención de cobijarte, de hacerte mi musa, mi inspiración, mi amor infinito. Aquella falsedad que tantas veces dijiste de que soy lo más que has amado, al final no me la creo. Bola de nieve sucia. Sucia. Bola de nieve.

Cß

En la página de internet de Vita, en la que coloca varias de sus reflexiones, y que visito para husmear de manera esporádica, ella dedica otro poema a Ennis del Mar. Ennis es el chico que representa a la parte seducida por un joven sexualmente activo y decidido en el largometraje Brokeback Mountain. Jack Twist enamora a Ennis del Mar. Este último es el inaugurado, el iniciado, el objeto de la adoración al que siempre se regresa. Es lo primigenio, el origen. Y me parece escuchar la canción de fondo de la película *A Love That Will Never Grow Old.*

＆

Vrksasana, postura del árbol. Respiro flexionando la rodilla derecha y coloco la planta del pie derecho en la parte interior del muslo izquierdo, entre la rodilla y mi ingle. Alzo los brazos por encima de la cabeza y junto las palmas de las manos. Relajo los hombros. Centro la atención en un punto en el suelo. Realizo ocho respiraciones y repito el ejercicio con la pierna contraria.

Setu bandha sarvangasana. Hago el puente tumbada de espaldas, los pies apoyados en el suelo, alineados con mis caderas. Quiero alinear mi vida, tranquilizar mi intranquilidad. Perdonar mi aborto. Perdonarme. Aspiro y alzo las caderas hasta una altura que me resulta incómoda. Quiero perdonar a Vita, a Teodoro, a mi madre abandonadora. Quiero tragarme sus infracciones y exhalar clemencias. Exhumar los perdones necesarios. Permanecer

၎

convencida durante un minuto de que tengo
que dejar ir. Tengo que dejarla ir. Posición de
loto.

❦

E l 24 de julio de 2011 es aprobada por la Legislatura Estatal de Nueva York, la Ley de Igualdad en el Matrimonio. Un mes más tarde Vita Santiago se casa en ese estado con Cherylee Meyer.

Me entero porque me contacta, y yo estoy en mitad de una gira artística en Manhattan. Me pide que asista a la boda.

Mi primer instinto es colgar el teléfono, pero luego pienso que eso es echar por la borda toda la psicoterapia hasta este momento adelantada. Digo que me da mucho gusto escucharla y le pregunto por su primera esposa. *¿Marlene Barral?*, me cuestiona y añade, *Ya sabes, incompatibilidad de caracteres. Dos jueyes machos en la misma cueva no pueden vivir. Se matan a palancazos.*

Y al parecer eso mismo sucede. La Barral le sale guapetona de barrio y sus peleas terminan en llamadas de los vecinos al servicio de emergencias 9-1-1 para denunciar la algarabía en el hogar de Vita Santiago.

Ya sabes, vuelve a decir ella y yo la corrijo, *No, no sé. Nunca he tenido una pareja que me ponga un dedo encima.*

Pero tú si le has pegado a alguien, afirma Vita y la contradigo: *Estás equivocada, mi querida. Yo soy incapaz.*

¿Ya olvidaste la noche de Halloween en que fuimos a la fiesta de disfraces?, dice. Yo lo he olvidado, pero es obvio que Vita no.

Entonces caigo en cuenta. Y recreo la película de un pasado muy lejano y muy bien enterrado en algún compartimiento atrofiado de mi mente.

Tenemos veinte años y estoy disfrazada de princesa. Vita lleva el atuendo de un príncipe. El tequila, la vodka y las pastillas de éxtasis

٨

abundan en el festejo. Es la primera vez que pruebo un cigarrillo de marihuana. Vita me lo da para que me relaje y disfrute. Yo lo fumo y bailo hasta sola. En mitad de la noche, a ritmo de un nuevo hit de Madonna, me descubro lamiéndole los dedos a alguien que no conozco, en medio del baile. Confundida me alejo de aquella mujer, o de aquel hombre. Camino zigzagueante hasta la cocina y es allí que descubro la escena que he querido enterrar.

Vita se encuentra de rodillas, frente a uno de los invitados que disfruta recostado de la estufa el hecho de que ella le chupa la verga. Una verga larga y gruesa, un pene de glande llamativo que ella saborea mientras se frota entre los muslos con la otra mano. Yo me acerco con mi andar curveado y torpe, lo empujo a él y la abofeteo a ella.

Recuerdo haber llorado muchísimo luego de aquel evento. Recuerdo también que cada vez que hablábamos del tema, Vita insistía en que le hacía el cunnilingus a una mujer, que yo estaba tan borracha y tan drogada esa noche, que confundí a una de las chicas con un hombre, como si eso la excusara.

rape

Entonces, ¿vienes o no a mi boda? Mira que estás en el vecindario. Vuelvo a escuchar a Vita y le pregunto. *¿Cuándo te divorciaste de Marlene Barral?*

Cheating

A lo que ella contesta a carcajada limpia: *Nunca lo he hecho.*

╰⊱

No asisto a la boda de Vita Santiago en Nueva York. Ni a esa, ni a la que realiza en Canadá seis meses más tarde con una chica llamada Gwendolyne. A esa última también me invita porque dice querer hacer las paces con sus recuerdos de infancia. Le pregunto por qué siente que debe hacer las paces conmigo, si yo soy lo mejor que le pasó en su niñez.

Hay cosas que nunca te he dicho, contesta de inmediato. *Estás muy cerca de mi núcleo primigenio de conflicto, el centro de disfunción familiar en el que me crie. Eso es lo que dice mi siquiatra.*

¿Entonces es por eso que no estamos juntas? ¿Porque lo dice tu siquiatra?, grito al teléfono.

Vita y yo colgamos a la vez. Intuyo que ella llora igual que lloro yo, luego de cortarse la llamada.

CB

CRX

La mañana en que Vita Santiago conoce a Violeta, llama para contármelo. Está a punto de dejar a Gwendolyne, luego de diez meses infernales. Me hace el recuento improbable de cómo sus miradas se encontraron en aquel *Starbucks* atestado de clientes enarbolados por la cafeína, cerca del distrito de Miami Dade. Se echan alguna broma. Vita saca una tarjeta de presentación y se la extiende a la hermosísima mujer de melena larga y ondulante, de cintura diminuta y atrayente. Narra estos sucesos y me dice: *Tengo que verte, Io, estoy en apuros* y yo empiezo a sentir diferente. Empiezo a sentir que esto es totalmente distinto.

A estas alturas llevo conviviendo cerca de cuarenta y ocho meses con Yuisa, una activista pro derechos humanos que colabora con Amnistía Internacional, a quien conocí en una protesta multitudinaria que exigía la excarcelación del preso político puertorriqueño Oscar López Rivera. Una mujer con una amplitud de mente como pocas, con conciencia ambiental y social, practicante de yoga, creyente en la reflexología y que se ha dedicado a ser vegetariana macrobiótica por la pasada década.

Contesto: *Estoy involucrada con alguien.*

No me importa, responde Vita. *¿Hace cuánto no te veo, no me ves? Nos debemos una tarde una en brazos de la otra.*

Los años no pasan en vano, le digo. *Estoy más gorda, más vieja, tengo canas en el monte venus. Además, eres una arrogante. ¿Cómo se te ocurre que después de tanto tiempo, de todo lo que sé de ti, de todo lo que sé de mí, voy a querer estar contigo?*

Vas a querer estar conmigo, dice.

No quiero mentirle a Yuisa, argumento. Ella por toda respuesta plantea:

Pues dile la verdad. Si Violeta pregunta, yo le diré lo mismo. Le diré que eres lo más importante que existe en mi vida y que no pude evitar verte.

¿Te das cuenta de la locura que es esto? ¿Te das cuenta de lo que me estás pidiendo? Estás enferma y deseas arrastrarme en tu sicosis. Vas a entrar a una nueva relación con alguien, es muy probable que sea una muy seria relación, ¿y quieres que nos veamos a chingar antes?

Alzo la voz alterada.

No es chingar, no es follar, no es meter mano, intenta convencer ella. *Contigo y conmigo nunca ha sido así, Iolante. No insultes nuestra inteligencia. Sabes que esto es diferente. Esta chica me ha robado el corazón y la última vez que me sentí así fue contigo a mis diecisiete años. Y quiero honrar ese recuerdo. Quiero decirle adiós a esa nostalgia.*

El silencio es asquerosamente largo. El grado de locura invocado en aquella conversación rebasa todos los niveles de insanidad conocidos. Demencia, enajenación, chifladura. Vita vuelve a ser devastación. Vita vuelve a ser desenfreno. Vita es y siempre será el cometa ruinoso, la bola de nieve sucia.

ᘓ

Alucinación de contacto extrasensorial: Vita alega que el viento es tan fuerte a veces, que la voltea sobre sus pies, la hace girar fuertemente como si de pronto la corriente de aire invisible le estuviera reclamando. Incluye, de vez en cuando, la frase *me arden las zonas erógenas, me arde la crica, me molesta la brisa fuerte sobre el chocho.* Dice experimentar la sensación de ser tocada por un estímulo externo inexistente. Dice que si va a la playa, y las olas se remenean, siente una sensación de quemazón o picor entre sus piernas. Dice a veces que quiere matar a su padre.

ɞ

⚮

Me cuenta del inexplicable vuelco que da su corazón al verte por primera vez, Violeta. De los suspiros contenidos, de los temblores al sur de su torso, la calentura convulsa y la sacudida entre las piernas al descubrir tu sonrisa desalmada. Supo de inmediato que serías su ruina. Supo que eras demasiado joven para tenerte, para conquistarte, para conservarte cerca. Te comparó conmigo. Declaró que eso mismo sintió el día que me conoció a mí. Yo también fui su ruina. Aún lo soy.

Que nos comparase a ti y a mí Violeta, me molestó mucho al principio, pero Vita y yo estábamos desnudas, tiradas sobre el piso de madera de una cabaña en Vermont. Nunca he sabido a ciencia cierta cómo es que hablamos de estas cosas, cómo llegamos a estos temas puntillosos a los que la mayoría de las parejas nunca llega. No sé con exactitud cuándo sucedió, pero Vita y yo hacemos esto. Somos esto. Tenemos estas conversaciones. Nos peleamos, nos contentamos, nos volvemos a dejar de hablar. Regresar al origen para nosotras es siempre una opción. No hay de otra.

Será porque tú y yo somos de piel oscura, Violeta. Será porque ambas tenemos labios gruesos. Yo más que tú en todo, pero será que en ti existe mi silueta escondida y eso la hace sentir anclada a puerto seguro. Será porque nuestro nombre significa lo mismo. Será que contigo me tiene de nuevo, otra vez joven, con la raza mejorada y un tongoneo de seducciones interminables. Tu juventud es elixir de inmortalidad. Tu juventud le hace creer que no se pone vieja. Le hace creer que no moriremos. Ninguna de nosotras. Ni tú, ni ella, ni yo. Y ahí hay que darte crédito.

Me cuenta de ustedes, de cómo se devoran, de cómo hacen, de cuando te le trepas encima y exiges clavarla tú. Eso la intimida y a mí me irrita, puesto que es algo que yo misma nunca he hecho. Nunca he violentado ese espacio en el que Vita ejerce un único y especial poder. ¿Cómo te atreves tú, mocosa de mierda, a lanzarte tal maroma?

Temo llegue el día en que me cuente. Que me confiese que ha sucedido. Moriré el día en que diga que la has penetrado como ella me penetra a mí. Hago ejercicios mentales, medito, respiro con conciencia para preparar ese momento en que recibo la noticia. Me coloco en tadasana, postura de la montaña. Me pongo de pie con los pies unidos, los hombros relajados, el peso uniformemente distribuido a través de las pantorrillas, las plantas de los pies, los brazos a los lados. Brazos a los lados del cuerpo, inmutable. El mentón y la vista hacia el frente, inamovible. Vita que se me acerca como un fantasma, como una ilusión óptica y me da la noticia. Su lengua viperina me acaricia el cuello, el escote, mis estrías bailarinas que ella adora. Entonces la recibo estoica, erguida, sin pestañear.

CⳫ

Las órbitas de los cometas son poco previsibles. Se desvían bastante de las leyes pronosticadas por Newton. Matemáticamente son una gran complicación. El escape de gases de la cola y los escombros que la contienen, producen una propulsión a chorro que desplaza con cierta ligereza el núcleo fuera de su trayectoria. Así que siempre se va desviando de a poquito. Pedazo a pedacito.

Intentar trazar su paso es absurdo, aunque quienes lo hacen saben que igual la mayoría de las veces se van a equivocar. A esto le llaman el rango de error y todo buen cometa tiene uno.

Por ejemplo, el científico Edmund Halley indicó en un inicio que el cometa que había atisbado Johannes Kepler en Praga en 1607, correspondía a un mismo objeto celeste que retornaba cada setenta y seis años. Emocionado, realizó una estimación de la órbita, y

~~

predijo su reaparición para el año 1757. Pero se equivocó y el retorno no fue visto hasta el 25 de diciembre de 1758, realizado por el astrónomo aficionado alemán Johann Georg Palitzsch. Se cree que la atracción de Júpiter y Saturno, y la propulsión no contabilizada por su cola de despojos fueron los responsables del retardo. Edmund Halley nunca pudo contemplar el regreso de su cometa, tras fallecer en 1742, dieciséis años antes. El dueño del apellido se quedó vestido y alborotado. Él y su cuerpo estelar jamás lograron verse desde este plano.

Vita Santiago posee el rango de error más catastrófico divisado en cometa alguno.

Su núcleo oscurecido por el polvo, como en el caso del cometa Halley, tiende a dejar un vestigio difuso sobre mi piel. El Halley se difumina como pocos sobre nuestra atmósfera planetaria, y nos permite admirar su presencia más claramente y por más tiempo. Me he pasado años enteros observando sus fotografías, los archivos multimedios que sobre él existen, todo esto para reproducirlos en mis cuadros. Vita hace lo mismo conmigo. En mi regazo. Sobre mi espalda. Bajo mis axilas, entre mis ingles. Soy una nuca que se vuelve bastión de sus besos famélicos. Soy una palangana de tersas caricias que recoge sus arrumacos y la recibe.

Abrazadas en la cama de aquella suite de un Hilton me cuenta de Violeta. Me cuenta de su matrimonio con un hombre que no la comprende, que la aísla, que la hace sentir abandonada. Me cuenta de los casi veinte años que le llevamos a Violeta. *Esa es la verdadera fuente de la juventud,* dice. *Tirarse al cuerpo un pollito con total inocencia. Ya le hablé de ti. Ya le dije quien eras y que vendría a verte. Dice Antoine de Saint-Exupéry que debemos dedicarnos a domesticar gente. A ir de frente y a exigir lo que queremos.*

ℭℬ

Yo también le dije la verdad a Yuisa. Me preguntó si volvería a ella y contesté que sí, comento mientras acaricio su cabello piqueteado en un recorte demasiado juvenil para su edad. *Le expliqué que tú y yo no podíamos vivir juntas, que somos un lío.*

¿Me amas?, Vita se yergue sobre mí y vuelve a penetrarme.

Con todas las fuerzas de mi corazón, contesto.

Yo también te amo, dice. Nos quedamos dormidas. Luego nos levantamos a comer, volvemos a hacer el amor, nos bañamos juntas, hacemos bromas de nuestra celulitis, de nuestras bolsitas de grasa bajo la panza, de las marcas de las estrías y sus ojeras.

Me cuenta que ha decidido no casarse más. Que ya lo ha hecho tres veces y que de ninguna de sus exmujeres se ha divorciado. Le cuento que hace bien, porque hay que hacer estallar a los sistemas arcaicos desde adentro.

Perdona que nunca me casé contigo, susurra Vita besándome el rostro.

Te lo perdono, le digo yo.

Le pido me jure que nunca se dejará visible los alargados y horripilantes vellos que le salen a uno de los rotitos de la nariz. Ella me hace prometer que yo haré lo mismo con los de mis orejas, habré de recortármelos para cumplir con las mejores normas de higiene personal.

Nos enjabonamos. Me toma fotos en poses graciosas que muestran mi afro mojado y chorreante con las burbujas del champú. Le hago un video a ella bailando reggaetón con el dildo puesto. Nos reímos tanto que nos duele a ambas la barriga. Nos quedamos dormidas. Despertamos y pedimos *room service.* Hacemos el amor otra vez, y luego de una semana de no separarnos, lloramos. Lloramos y nos despedimos.

ها

☙

Perro boca abajo. Colocada en cuatro patas. Colocadas las manos con los dedos separados. Enderezado el tronco para formar una línea recta desde las muñecas a las caderas. Poco a poco, estiro las piernas para formar una letra V al revés. Una letra V al revés. Tronco recto. Convoco a los espíritus del universo. Convoco los nombres apertrechados en el devenir de los destinos. Convoco el amor; que regrese. Regresa sin hacer daño, Vita. Una letra V al revés, pero sin dolor.

Si un cometa se acerca a su sol se calienta. Los gases conspiran para que se evapore y comiencen a desprenderse partículas sólidas que forman la cabellera de remanentes. Los ripios que va dejando el cometa son la huella de su paso. Es la manera en que el cuerpo bólido deja su marca sobre su tránsito celeste.

CB

Cuando el cometa se vuelve a alejar, se enfría.
Los gases se hielan y la cola desaparece.

❧

Exijo al taxista que me lleve desde el aeropuerto hasta el lugar cerca de la corte federal. Apenas he bajado del avión. Deseo participar de una demostración a favor de la liberación de Oscar López Rivera. Yuísa va a estar allá y quiero verla. Se me ha metido por entre los huesos, ronda mis sienes, se acuna en la hamaca de mis sueños y la creo vital.

Cuando me ve, nos abrazamos fuertemente. Nos besamos con fiereza, allí frente a todos. Busca en mis ojos como preguntándome qué voy a hacer. Y yo digo *Te amo con cojones*.

Realizamos la manifestación con pancartas, coros musicalizados, gritos de exigencia y denuncias de justicia y solidaridad. En las pancartas se muestra al pepiniano Óscar López Rivera con su pelo y bigote blancos, con una sonrisa de esperanza, una mirada que parece decir *pronto nos volveremos a ver*. Es el preso político con la condena más larga en la historia de los Estados Unidos. Es el preso político más extrañado por su pueblo en la historia de la colonia que me ha tocado vivir. La única oportunidad para su liberación inmediata consiste en obtener un indulto del presidente estadounidense Barack Obama. Las pancartas con su rostro conviven con otras que muestran las obras de pintura que el propio Oscar ha realizado encarcelado. Hay una titulada 'La niña de la quenepa', y otra de colores muy vivos y llamativos que se identifica como 'Mita haciendo morcilla'. Son reproducciones que algunos han copiado de las originales. Los solidarios las venden para obtener dinero y continuar invirtiendo a favor de su lucha.

Mami y papi estarían muy orgullosos de mi asistencia a este evento. Creo que mami y papi están aquí conmigo hoy. Aquí junto a Yuísa y junto a mí. Una sensación de sosiego me hace percibir que a ellos sí les caería bien Yuísa.

Treinta y dos años es suficiente, comienzan a vocear varios. ¡Libertad para Oscar ya!, dicen otros.

CB

CB

Yuísa y yo hacemos el amor con ternura. Nos tomamos nuestro tiempo. Ambas sentimos que hemos llegado tarde a nuestro encuentro y debemos aprovechar toda oportunidad. Debimos habernos conocido en el principio de los tiempos, disfrutarnos con más consciencia.

Yuísa asevera haberme encontrado de otra vida. Yo en dioses no creo, ni en transiciones extracarnales, ni en la superstición o la magia, mucho menos en reencarnaciones. Pero me hacen mucha gracia sus ocurrencias.

En luna llena acostumbramos visitar la playa de Ocean Park para bailar los tambores de fogata. Los torsos desnudos de hombres y mujeres en trance parecen hechizarnos. Casi siempre terminamos encendidas e imbricadas por el sahumerio y los despojos.

Intercambiamos alguna que otra promesa y esa noche no es la excepción.

Yuísa promete serme leal y honesta siempre. En la salud y en la enfermedad, en la exclusividad y en la poliamoría, dice, hasta que la muerte nos separe. Yo hago una pausa para dejarle saber que he comprendido.

¿Y qué deseas tú que yo te prometa?, pregunto acto seguido.

Que me dejes conocer a Vita.

ᘓ

Es el paso siguiente más lógico. No es una proposición del todo descabellada. Yuísa me ama, y no solo me ama a mí; ama el mundo conmigo. Me ha visto correr a los brazos de Vita y luego regresar a ella porque en este centro es que tengo sentido. Son sus ojos, los ojos de Yuísa los que me entienden, los que me refugian, los que me dan calor en noches desoladas.

Mi vientre adolorido y esta nefasta humanidad se hace risible a su lado. Su ideal, su activismo, su lucha digna dan significado a mi sustancia. Y sé que a la de tantos otros.

Las fotos de las protestas y las manifestaciones a las que ha asistido, dando la vuelta al globo, cuelgan de nuestras paredes. En el buró de la sala dan testimonio de su valor las fotografías tomadas en Palestina, en la plaza de Tiananmen, en Chiapas o Juárez. Sonríe en un retrato abrazada al comandante Filiberto, en

CB

otra con Nelson Mandela. En internet se puede hallar pietaje audiovisual que la relaciona al apoyo solidario del grupo Pussy Riot y a su máxima representante encarcelada Nadezhda Tolokonnikova.

Yuísa ha defendido mi mundo. Me ha regalado vida.

Los cometas de periodos cortos que son observados a lo largo de muchas órbitas, poseen una característica particular que ha de tenerse muy presente. Tienden a desvanecerse con el tiempo como podría suponerse. Pero la existencia de nuevos avistamientos de grupos de cometas visitantes, demuestra que los núcleos cometarios son sorpresas versátiles. Calamitosas pero necesarias.

Su trazo elíptico da fe de que en una punta se pueden acercar al sol y, al otro extremo se

Cß

alejan más allá de Plutón, expulsado o no de la comuna planetaria de mi entorno.

၈

ઝ

Para sellar las proposiciones románticas alguna gente se regala sortijas, pulseras, cadenas o intercambia votos, de pie y en actitud celebratoria sobre el verde follaje en noches de gibosa creciente.

Tú, Violeta, convences al amor de mi vida, quien es a la vez mi mayor desgracia, de que para sellar el sentimiento que ambas se profesan, deberán inseminarse juntas. Tu plan es tratar de dar a luz más o menos al mismo tiempo sin importar que la una sobrepase los cuarenta y que la otra apenas los veintiséis. Vita, mujer adoradora de ciertas inmadureces e inconsistencias, acepta.

Me entero que está embarazada varios meses después. Lloro como una desquiciada al saberlo y es Yuísa quien me consuela.

Debes ir a verla, me dice. *El embarazo vuelve muy emotivas a las mujeres.* Así que viajo y a espaldas oჳ

tuyas Violeta, me quedo con Vita unos días. Repito la osadía en dos ocasiones más y hasta la invito de regreso a la isla, para cuidarla en momentos tan críticos y para que conozca a mi mujer.

Vita Santiago, celosa ante mi insistencia y complicada con su cuadro de salud, no viaja conmigo, pero acepta conocer a Yuísa quien toma un vuelo junto a mí durante el último trimestre de gestación. Nos regocijamos de su panza agrandada, nos burlamos con cariño de su torpeza para afeitarse las piernas y la ayudamos a sobrepasar el malestar que aún padece a sus siete meses, condición que todavía le echa a perder el almuerzo o la cena. Dedicamos poco más de media semana a cuidarla, a darle masajes, a pasearla mostrándole varios parques, a consentirla sin que tú lo sepas, ocupada como estás con tu propia barriga y tus egoísmos.

C%

La noche antes de regresar al país, Yuísa se excusa para visitar familiares en la diáspora, lo cual con todo el propósito del mundo, me permite intimidad exclusiva con la embarazada. *Yuísa es lo mejor que te ha pasado en la vida*, dice Vita mientras me besa. Y yo le contesto: *Lo mejor que me ha pasado eres tú*. Esa noche nos amamos con todo el fervor posible.

C≥

En la sala de mi hogar, monte adentro en el área de Fajardo, poseo una galería ampliamente desplegada de fotos de Vita y sus hijas. Se hallan junto a varias serigrafías realizadas por Elizam Escobar, una réplica dibujada a carbón del Ché Guevara y nuestro póster favorito de Lolita Lebrón difuminada sobre la bandera patria.

Tener un hijo con Vita, para criarlo a solas ella y yo, era para mí una tarea ilógica. Imposible de lograr.

Tenerlo ahora, nutriéndose de nuestra nueva etapa, empapándose del amor que por añadidura recibirá de Yuísa, creo es más que razonable. Puede ser hermosamente posible.

Y eso es con precisión y sin que me quede lugar a dudas, lo que desata tu ira, Violeta y lo que provoca tu llamada. Al parecer Vita Santiago ya te ha dicho nuestros planes y la proposición que le hemos extendido. Te quiere dejar. A estas alturas, resultas para ella más que una molestia. Está harta de tus niñerías, de que malgastes su dinero, de que rehúyas tus responsabilidades y creas que el mundo es una fiesta barbilampiña. Se cansó de tus mayúsculos retiros bancarios que trepan al tope las tarjetas de crédito. Se cansó de tus *temper tantrums*, y de tus majaderías. Se cansó de que incluso hayas revendido en una casa de empeño los diamantes que alguna vez te regaló.

Pido otra copa de champaña y la cuenta, cansada como estoy de estar sentada frente a aquel escaparate del restaurante en Condado, escuchando tu protesta imberbe. No tengo mucho más que decirte, Violeta. Entérate que mi mujer y yo cuidaremos de Vita. Le hemos propuesto que se venga a vivir con nosotras, para que críe aquí a su hija parida, en la tierra de quienes ama. *En nuestro hogar no le faltará nada, las tres viviremos para esa niña. Sé que piensas que no*

lo + Yvisa + Vita

*debo cantar victoria, pero este reclamo es uno que he
debido haber hecho hace mucho tiempo atrás. Ni
siquiera tiene que ver contigo, Violeta. Es un asunto
mío y de Vita Santiago que comenzó a nuestros
diecisiete años.*

ↆ

Los cometas en cada pasada de curso pierden materia. La dejan salpicada por encima de todo cuanto rozan a su paso.

Al final sólo queda el núcleo rocoso. Se cree que existen asteroides que lo único que portan es el núcleo desgajado de su cabellera de escombros.

No lo veo venir.

El virabhadrasana o la postura del guerrero no ha podido ayudarme. Doy un paso hacia adelante y mientras inhalo, alzo los brazos hasta que están horizontales formando una T. Doblo la rodilla derecha noventa grados, manteniéndola sobre el tobillo. Mantengo la mirada a lo largo de la mano derecha. Estancia de un minuto. Cambio de lado y repito. Estancia del parasiempre. Imagino todo esto para resistir.

Cʒ

Violeta, muy segura de sí, me entrega una tarjeta que incluye los datos médicos de la condición de Vita Santiago. Incluye además la información de contacto de los siquiatras que por años han atendido a mi planeta regente.

No lo veo venir.

No así. Yo estaba tan segura esta vez.

Su diagnóstico es descrito como una sicosis exacerbada y agravada debido a mi cercanía y contacto constante a través de los años. Ha padecido alucinaciones táctiles, delirios dermatozoicos y esquizofrenia cíclica.

Sus intentos suicidas de 1999, 2001 y 2010, hasta el momento por mí desconocidos, incluyen la ingesta de somníferos, intoxicación con drogas y alcohol, sobredosis de barbitúricos e intento de lanzamiento al vacío desde un piso diez.

Su terapeuta principal quiere hablarme. Dice que formo parte vital del núcleo familiar disfuncional de Vita Santiago. Estoy insertada en su centro de conflicto.

Violeta me cuenta esto. Me advierte que sobre ello se abundará más cuando me entreviste con el médico. Me ofrecerán más detalles para que entienda cómo a los diecisiete años Vita aún sostenía relaciones incestuosas con su padre. La continua necesidad de regalarme cosas, de tratar de facilitarme comodidades, la mantenían atada al proceso de intercambio de favores sexuales. Arreglos de flores exóticas, orquídeas, violetas, lirios cala. El pago de mi año de colegio privado para que estuviéramos la una cerca de la otra. La adquisición de un vehículo de motor para cada una. El alquiler de un apartamento de lujo que en definitiva ninguna podía pagar.

Quedo de una pieza. Soy una estatua de sal.

೮೨

Al parecer esta confesión la hace Vita en medio de una profunda depresión provocada por el parto. Ha tenido que volver al tratamiento psicoterapéutico intensivo al salir de gestación. Violeta y los padres de esta se hacen cargo de ella. Y están intentando solicitar la custodia legal de la hija que ha dado a luz Vita. Si yo quiero ayudar en su recuperación soy más que bienvenida. Para que se mejore, debo llamar al número de la tarjeta.

❦

El que Vita y yo nunca hubiésemos hablado de todo el daño que a lo largo de los años nos hemos hecho, no desaparece todo el daño hecho. "Si cincuenta millones de personas creen una tontería, sigue siendo una tontería" es una cita de Anatole France que me martilla las sienes.

Nunca conté a Vita Santiago mis depresiones ni mi intento de suicido. Al parecer ella ha hecho lo mismo y ha excluido algunas salvedades más. Así es alguna gente. Así hemos sido nosotras.

Nos hemos creído ajustar a nuestras propias estafas emocionales, a las defraudaciones que la pericia de la repetición nos ha permitido elegir. Hemos creído haber superado la decepción que nuestra incapacidad de hacernos feliz facilita. Somos un mar de promesas rotas, un océano de mediocridades afectivas que no ha sentido la necesidad jamás de cumplir promesa

＆

alguna. Hemos dañado gente en el camino. Nos hemos dañado a cada una.

Perpetuar el mito flojo del parasiempre en nuestra idealización trunca de una relación ancestral, enraizar el constructo chueco del amor eterno sin importar qué o perdonándolo todo, ha sido la mentira más angustiosa con la que nos hemos atragantado ambas. Nos ha salido cara la jugada.

Violeta

Un color. Una mujer. Una flor. Todo eso soy. La traducción de un nombre desde el idioma griego. Un primer beso, sentadas ambas en los asientos del auto prestado que ha facilitado el padre. También soy desamparo, lamento, desquicie. Un Vesubio, una ciudad encenizada y enterrada, otro minotauro en su laberinto. Una flor nociva, un color estropeado, una mujer hecha trizas que a su paso también va desvencijando.

a madrugada en que Oscar López Rivera es liberado, las multitudes se lanzan a las calles a celebrar y de paso a observar la travesía del cometa C/2012 S1, Ison. El mismo se ha vuelto un objeto muy brillante en el cielo. Lo llaman el "cometa del siglo" y se puede detectar a simple vista mirando hacia el este justo antes del amanecer. Ha sobrevivido su recorrido por el Sol, a pesar de varios vaticinios que apostaban a la desintegración de su iridiscencia tan pronto entrara al vecindario del astro. Su larga cola es la más larga jamás observada y a estas alturas se encuentra a tan solo unos cuantos grados de distancia de la estrella Polaris. No ha llegado solo, viene escoltado de una lluvia resplandeciente de meteoros radicales que encienden el cielo con la nitidez de relámpagos.

Yo celebro a Oscar, a Ison y el haber logrado uno de los retos más significativos de mi existencia. Puedo realizar la balasana o postura del niño. Me siento cómodamente sobre los talones. Giro el dorso hacia delante. Bajo el pecho hasta las rodillas tanto como puedo; extendiendo los brazos. Retomo el gusto por ciertas actividades simples y diarias. Ha pasado algún tiempo.

Observo mi piel lila, el efecto purpúreo que a veces ejerce sobre ella la luz. Mantengo la postura y me concentro en tratar de respirar.

Si un cometa se acerca a su sol, se calienta. Los gases conspiran para que se evapore y comiencen a desprenderse partículas que forman la cabellera de remanentes. Los ripios que va dejando el cometa como huella de su paso son espeluznantes. Es la manera en que el cuerpo aerolito deja marca de su tránsito celeste. Cuando se vuelve a alejar, se enfría. Los gases se hielan y la cola desaparece.

Cʒ

Hoy tengo asma. Hoy respiro a buchecitos. Ya no tengo miedo a que un día mi pecho detenga su órbita y yo pare de respirar. El asma se parece a la explosión jadeada del despliegue en hojarasca de un meteorito.

We are effectively approaching a multicentric world, which means we need to ask new, and for the traditional left, unpleasant questions.

—Slavoj Žižek

C3

It's because of you Jack, that I'm like this.

— *Ennis Del Mar in Brokeback Mountain*

ᑳ

Yolanda Arroyo Pizarro (Puerto Rico, 1970). Acaba de ganar el *Premio Nacional PEN Club 2013* por el libro de cuentos 'las Negras'. Ha sido publicada en España, México, Argentina, Panamá, Guatemala, Chile, Bolivia, Colombia, Venezuela, Dinamarca, Hungría y Francia. Ha sido traducida al inglés, italiano, francés y húngaro. Ha participado de los congresos literarios y culturales **Organization of Women Writers of África 2013 en Accra, Ghana (OWWA)**, Bogotá 39 del Hay Festival en Colombia, FIL Guadalajara, Festival Vivamérica en Madrid, LIBER Barcelona, el Otoño Cultural de Huelva en España, la Organización Iberoamericana de la Juventud en Cartagena de Indias, Colombia, y el Festival de la Palabra en Puerto Rico y Nueva York. En 2010 publicó con Editorial EGALES en Madrid y Barcelona la primera novela lésbica puertorriqueña 'Caparazones'. Ofrece talleres de creación literaria para Vermont College of Fine Arts, Purdue University en Indiana, Universidad de Puerto Rico en varios recintos, el Coloquio del Otro La'o, la Universidad Interamericana, el Coloquio de la Mujer y otras entidades reconocidas. En la actualidad dicta talleres en Viejo San Juan, Puerto Rico.

Made in the USA
Middletown, DE
11 January 2022

58379304R10083